AU CHANCELIER GERSON.

Extrait de la Revue du Lyonnais

ÉPITRE

AU

CHANCELIER GERSON,

PAR

A. BIGNAN.

LYON.

IMPRIMERIE DE LÉON BOITEL,

QUAI ST-ANTOINE. 36.

1845.

ÉPITRE

AU

CHANCELIER GERSON.

Orateur éloquent, philosophe chrétien,

Qui, des mœurs de ton siècle intrépide soutien,

Dans la chaire sacrée attaquas le sophisme,

Combattis la révolte et détrônas le schisme,

Appris aux nations à défendre leurs droits,

Enseignas le devoir aux enfants comme aux rois ;

A de pieux excès, pieusement rebelle,

Aimas la vérité jusqu'à souffrir pour elle,

Et par ton héroïsme illustrant tes malheurs,

Unis de grands travaux à de grandes douleurs,

Gerson! pardonne-nous si devant ton image

D'un éloge public le solennel hommage,

Exposant ta mémoire à la célébrité,

Popularise enfin ton immortalité.

Dans le dernier refuge où, renfermant ta vie,

Tu redoutais le bruit comme un autre l'envie,

Pouvais-tu supposer que de ton souvenir

La gloire sans écho mourrait dans l'avenir?

Humble quoique docteur, tolérant quoique prêtre,

Sur les vices nombreux que ton âge a vus naître,

Tu domines du haut de ta sainte vertu,

Comme, seule, debout dans un temple abattu,

Au milieu des débris s'élève une colonne

Que des siècles pieux le respect environne.

Quel spectacle en naissant vint frapper ton regard?

Le désordre partout, l'équité nulle part:

Les peuples écrasés d'impôts et de souffrance;

Cent tyrans au lieu d'un se disputant la France,

Les partis tour à tour se vendant aux Anglais;

La trahison passant des camps dans les palais,

Et du trône des lys l'honneur héréditaire

Flétri par la démence unie à l'adultère.

De l'état sur l'église en reportant les yeux,

Que vis-tu? Des prélats au front audacieux

Du luxe, de l'orgueil et de la simonie

Etalant sans pudeur l'alliance impunie;

L'aveugle ambition de l'or et du pouvoir

Corrompant les esprits sourds au cri du devoir;

Le mensonge souillant la chaire épiscopale,

Et trois papes rivaux par un triple scandale

Ardents à s'arracher sur le seuil du tombeau

De la pourpre romaine un précaire lambeau.

Témoin de tant d'abus qui ne cessaient de croître

Protégés par le trône ou nourris par le cloître,

Quelle arme choisis-tu pour les frapper à mort?

L'arme qui tôt ou tard triomphe du plus fort,

L'arme de la raison qui dans les droits de l'homme

Oppose un contrepoids aux menaces de Rome.

Tu combats, soutenu par l'Université,

Ce pouvoir qui, parlant au nom de la cité,

Dans la France soumise à son libre contrôle

Des futurs parlements anticipe le rôle.

Disciple, successeur, émule de d'Ailly,

Au rang de chancelier ton cœur n'a point failli,

Et ta main courageuse a, de la discipline,

Consolidé le temple aux bords de sa ruine.

Orthodoxe ennemi des vices qu'après toi,

Luther ne détruira qu'en ébranlant la foi,

Tu donnes le signal de ces réformes sages,

Des longs progrès du temps premiers apprentissages.

La sottise en surplis s'épouvante à ta voix ;

La superstition, tremblant sur son pavois,

Rougit de célébrer ces folles bacchanales,

Ces fêtes, déshonneur de nos saintes annales.

Tantôt, dans un roman, ton austère raison

Découvre sous la rose un perfide poison ;

Tantôt avec ferveur ta piété condamne

Des mystères sacrés le spectacle profane.

Tu confonds des sorciers le langage imposteur ;

Et la théologie à l'esprit ergoteur,

Dans un dédale obscur d'insolubles problèmes,

Cesse d'amonceler systèmes sur systèmes.

C'est peu ; jusques alors un usage oppresseur

Laissait les criminels mourir sans confesseur.

Et la religion, docile à ta parole,

Devient sur l'échafaud l'ange qui les console.

O courage ! ô triomphe ! alors qu'un faux docteur

D'un lâche assassinat justifiait l'auteur,

Et que, dans tout Paris abattu par la crainte,

Jean-Sans-Peur enchaînait le reproche et la plainte,

Tu défendais, armé pour l'honneur du pays,

Les droits de la morale insolemment trahis.

Et faisais décréter cette noble maxime

Que, commis pour l'Etat, le crime est toujours crime.

Le concile imposant, dans Constance assemblé,

T'ouvre un plus grand théâtre, et, sans avoir tremblé,

Contre le régicide et sa doctrine infâme

Des Pères indignés tu soulèves le blâme.

D'un meurtrier puissant tu braves le courroux,

Mais quel autre adversaire a provoqué tes coups ?

Tu prouves que le chef qui devant la thiare

Veut courber à ses pieds le monde encor barbare,

Elevé par l'église à l'empire absolu,

Peut être déposé puisqu'il peut être élu.

Ton langage hardi, mais non pas sacrilége,

Pour rassurer l'Europe effrayant le Saint-Siège,

Des conciles sur Rome établit l'ascendant

Et porte un coup mortel au schisme d'Occident.

Ainsi, de deux pouvoirs conservant l'équilibre,

Tu fondes d'une main audacieuse et libre

Ce temple gallican, religieux rempart,

Que le grand Bossuet achèvera plus tard.

Respect à toi, Gerson ! ta sagesse profonde,

Habile à préparer la liberté du monde,

Au joug ultramontain en arrachant la croix,

Affranchit l'avenir des peuples et des rois.

L'Europe après ta mort bénira ton ouvrage.

Mais vivant, quel sera le prix de ton courage ?

La pauvreté, l'exil, l'abandon, le danger.

Si, pélerin réduit au pain de l'étranger,

Seul, gravissant les monts de Suisse et de Bavière,

Tu traînes d'un banni la vie aventurière,

Et, dépouillé de biens, d'honneurs déshérité,

Luttes pour la justice et pour la vérité,

Ta conscience au moins, inséparable amie,

Soutient à chaque pas ta marche raffermie.

Ton esprit isolé se dirige vers Dieu,

Et jette au monde ingrat un ascétique adieu ;

Heureux de concentrer ses pensers solitaires

Dans l'adoration des célestes mystères,

Il semble réfléchir en sa sérénité

Un des calmes rayons de la divinité,

Sans abdiquer pourtant cette raison humaine

Par qui l'intelligence agrandit son domaine.

De là dans tes écrits cet accord précieux

De retours vers la terre et d'élans vers les cieux ;

De là ces flots si purs d'amour et de sagesse

Que ton fervent génie épanche avec largesse,

Et que, contraint à fuir de couvent en couvent,

Sur un chemin aride il dépose souvent,

Comme pour imprimer dans les lieux où tu passes

De ta course d'un jour les éternelles traces.

Mais qui peut étouffer l'amour du sol natal ?

Consumé de regrets, dans ton exil fatal

Tu gémis, et le sort à ton ame flétrie

Ne rend qu'après trois ans le ciel de la patrie.

Paris te repoussait, Lyon t'accueille enfin,

Lyon, cité fidèle au parti du Dauphin,

Lyon qui, du malheur aime à servir la cause

Et de tant de martyrs fêta l'apothéose.

Près d'un frère chéri l'ordre des Célestins

Assure une retraite à tes errants destins,

Et là, vieux nautonnier battu par la tempête

Dans un port de salut réfugiant la tête,

Sous des travaux obscurs fier de t'humilier,

Tu ne te souviens plus que tu fus chancelier.

Quel somptueux palais vaudrait pour toi l'école,

Sanctuaire modeste où ta haute parole,

Des conciles naguère arbitre tout puissant,

Et du Verbe immortel écho retentissant,

Aux enfants d'un faubourg de la loi catholique

Enseigne à répéter la lettre évangélique,

Et, la veille du jour de gloire et de bonheur

Qui te voit t'endormir dans la paix du Seigneur,

Pour seule récompense à ta leçon dernière

N'exige de chacun que cette humble prière :

« O mon Dieu ! des humains ô puissant rédempteur !

Prends pitié de Gerson, ton pauvre serviteur ! »

Alors, pleine d'espoir, dans son divin asile

Ton ame a remonté satisfaite et tranquille ;

Tu meurs comme sont morts les apôtres du Christ,

En léguant à la terre un éternel écrit

Dont chaque sentiment, dont chaque mot atteste

De son sublime auteur la mission céleste.

Créateur inconnu d'un chef-d'œuvre inspiré,

Tu nous caches ton nom de peur d'être admiré.

Mais sous la main du temps par qui tout se découvre

De ton pieux trésor le sanctuaire s'ouvre ;

C'est un savant français qui t'arrache à l'oubli,

Et sur ton piédestal Leroy (1) t'a rétabli.

Condamnée au grand jour, que ta sainte mémoire

Se résigne à ne plus échapper à sa gloire !

De Gersen, d'A-Kempis l'ombre réclame en vain

L'honneur d'avoir fondé ton monument divin.

Toi seul, toi seul pouvais, complétant l'Evangile,

Au testament du Christ joindre ce codicille,

Qui, tout entier rempli des parfums du saint lieu,

Semble écrit par un ange et dicté par un Dieu.

On voit que ta sagesse, en oracles féconde,

Avant d'entrer au cloître, a traversé le monde ;

Tu plains trop le malheur pour n'avoir pas souffert ;

Et le baume, à nos maux par ta tendresse offert,

D'une ame où l'injustice imprima ses morsures

A dû guérir déjà les saignantes blessures.

Nous consoler, voilà ta noble ambition !

(1) M. Onésime Leroy a le bonheur et le mérite d'avoir prouvé que l'*Imitation de Jésus-Christ* ne pouvait être attribuée qu'à Gerson. Voyez de cet auteur : *Etudes sur les mystères et les manuscrits de Gerson*, 1837. *Corneille et Gerson dans l'Imitation de Jésus-Christ*, 1842. *Projet de monument à la mémoire de Gerson, rapport à l'Institut historique*. 1844.

Avec quelle puissance aux jours d'affliction

Ta vertu nous soutient, et, sage conseillère,

Orgueilleux, nous châtie, aveugles, nous éclaire !

« Mes frères ! nous dis-tu, mes frères ! imitez

« Jésus dans sa clémence et ses humilités.

« Sachez vous supporter, vous aider, vous instruire.

« Travaillez ! au bonheur le travail peut conduire.

« Confiez-vous en Dieu plutôt que dans autrui ;

« Dieu vous offre son bras, appuyez-vous sur lui.

« Du vice et du péché fuyez la servitude !

« Evitez les méchants, aimez la solitude,

« Et préférez aux nœuds passagers et charnels

« Des voluptés du cœur les liens éternels.

« En pratiquant le bien rafraîchissez votre ame.

« Acquittez les tributs que le devoir réclame ;

« Rendez tout au Seigneur qui vous a tout donné,

« Et votre front, un jour, de splendeur couronné,

« Près de la croix céleste, aux pieds du roi suprême,

« De l'immortalité ceindra le diadème. »

De toutes les vertus ainsi, pieux Gerson !

Ton ouvrage divin renferme la leçon.

Ah ! si ce n'est des cieux, d'où ta voix nous vient-elle ?

Epictète et Platon, Sénèque et Marc-Aurèle

Dans leur essor profane auraient-ils pu jamais

De ta philosophie atteindre les sommets ?

Eclos dans le secret d'une ame tendre et calme,

Le livre à qui tu dois ta plus splendide palme,

De morale chrétienne ineffable missel,

Obtiendra d'âge en âge un culte universel.

Loué par Bossuet et traduit par Corneille,

Il voit les nations enviant sa merveille,

Depuis quatre cents ans dans leur rivalité

Revendiquer leurs droits à sa paternité.

La France désormais en fera sa conquête.

Que Lyon, son berceau, Lyon lève la tête,

Et comme s'il sauvait ta gloire du trépas,

Qu'il devienne orgueilleux pour toi qui ne l'es pas !

Dans ses murs radieux sur qui ton œuvre illustre

De ton nom retrouvé fait rejaillir le lustre,

Que l'offrande, accourue à l'appel de la foi,

T'élève un monument simple et grand comme toi,

Et qu'un marbre fidèle en public te présente

Debout et revêtu de ta robe imposante,

Tenant, pour attribut d'un pouvoir surhumain,

Au lieu d'un sceptre d'or, ton chef-d'œuvre à la main !

Mais, du pauvre et du riche ô guide tutélaire,

O saint canonisé par la voix populaire !

Que ta statue, objet d'un hommage pieux,

Serve à toucher notre ame en parlant à nos yeux !

Demandons de tes traits le vivant simulacre

Moins au ciseau fameux par qui l'art les consacre,

Qu'à ces nobles écrits où ton cœur tour à tour

Verse tant d'espérance, et de paix et d'amour.

Rouvrons tous ces trésors d'où la sagesse émane

Douce comme les flots d'une céleste manne ;

Que nos prêtres surtout, de ton zèle animés,

Se montrent tolérants s'ils veulent être aimés,

Et placent sous la loi lorsque tout s'égalise,

L'Eglise dans l'Etat, non l'Etat dans l'Eglise,

Que de tes actions l'exemple généreux

Soit le flambeau sacré qui marche devant eux !

Ta gloire ainsi vivra respectée et bénie.

Imiter tes vertus c'est louer ton génie.